괄호 속의 이야기

괄호 속의 이야기
한유정 시집

초판 인쇄 2020년 06월 10일
초판 발행 2020년 06월 15일

지은이 한유정
펴낸이 신현운
펴낸곳 연인M&B
기 획 여인화
디자인 이희정
마케팅 박한동
홍 보 정연순
등 록 2000년 3월 7일 제2-3037호
주 소 05052 서울특별시 광진구 자양로 56(자양동 680-25) 2층
전 화 (02)455-3987 팩스 (02)3437-5975
홈주소 www.yeoninmb.co.kr
이메일 yeonin7@hanmail.net

값 10,000원

ⓒ 한유정 2020 Printed in Korea

ISBN 978-89-6253-487-0 03810

괄호 속의 이야기

한유정 시집

상처 주기 싫었던 만큼
상처 받기 싫었던 노력
아무도 알아주지 못한
괄호 속 갇혀 버린 이야기

연인M&B

봄이 왔는지도 모를 만큼 여름으로 건너가는 다리가 점점 짧아
지는 것 같습니다. 시간은 늘 그렇듯 똑같이 흘러가는데도, 느리
게 혹은 빠르게 느껴지고 짙어지는 무게는 점점 무거워만 지네
요. 이 시집은 그 짐들을 내려 두지 못하고 틀 안에 갇혀 짓눌리
는 사람이 없기를 바라며 써 내려갔습니다. 아무리 발버둥쳐도
바람은 불고 구름은 떠나가고 있으니, 힘들 것 같은 하루에 즐거
움을 덧칠해 나가면 많은 것들이 바뀌지 않을까요.

쉽게 느끼는 감정, 그중 시간의 토대 위에 초점이 맞춰진 '괄호
속 이야기'는 삼켜 낸 말들이 담겨 있습니다. 날카로운 감정들을
조금씩 깎아 내고 뭉툭하게 만들다 보니 쉬이 종이 위에 굴러다
니게 된 글들만을 담았습니다. 남을 위한다는 마음으로 숨겨 둔
말도 있겠지만 나를 위한다는 말로 감쳐 둔 이야기, 그건 오롯이
나만이 알고 있기에. 직역하듯 써 내려갔던 글들은 그때 나의 감

정을 적나라하게 투영하고 있습니다. 내가 나를 위로하려 써 내려갔던 말들이 때로는 누군가를 위로할 때 쓰일 수 있지 않을까. 일기를 쓰듯 그때의 나를 고스란히 담아내어 어쩌면 비슷할 수 있는 많은 단어. 이것은 반대로 나의 하루의 끝, 내가 느끼는 감정 또한 비슷하다는 말이 아닐까요.

　마지막으로 이 시집을 엮기까지 많은 도움을 준 모든 분들에게 감사의 인사를 드립니다.

2020년 5월
한유정

| 차례 |

| 시인의 말 | 4

1부

나의 길

나의 길   12
괄호 속의 이야기   13
이력서   14
반복되는 장면   15
생각과 구상의 한 끗 차이   16
오래 머무른   18
1악장   19
2악장   20
2020년 봄   21
필름 카메라   22
구멍 난 주머니   23
달동네   24
막차   25
3자의 필요성   26
스쳐가는 이름   27
밤하늘   28
부끄러운 변명   29
선명한 흔적   30
마침표   31
후회   32

미련한 마음   34

겁이 나요   35

놓지 못하는 건   36

무력한 밤   37

마음으로 쓰는 시   38

단역배우   39

착한 사람   40

아름다운 이별   41

가을을 보내며   42

겨울나무   43

꽃 한 송이를 지킨다는 것은   44

혼자 먹는 밥   46

달력을 뜯으며   48

호수에 비친 모습   49

어쩌면 삶이란   50

그랬다면   51

수면제   52

글이 주는   53

어찌해야 할까요   54

자연스러운 기억   55

겨울의 끝   56

2부

미
련
한
마
음

3부

흔한 글

흔한 글	58
현실에 대해	59
타인의 이상	60
시인	61
신의 장난	62
마음의 꽃	63
종이비행기	64
불 꺼진 초	66
무슨 이야기를 해야 할까	67
적당히	68
청춘	69
핑계	70
인간관계	71
기억의 책장	72
남겨진 기분	73
지금이구나	74
다르니까	75
외로움	76
젖어 버린 밤	78
놓치고 있는 것	79

처음   82

아무것도 아닌   83

지나온 길   84

책갈피   85

붙잡을 수 없는 문장   86

시든 하루   87

글감   88

다정한 사람   89

짝사랑   90

혼자, 그 익숙함   91

하루의 끝   92

마음을 찍는 사진기   93

붉은 리본   94

겨울 산   95

새떼들의 노력   96

자욱한 안개   98

지나가는 구름   100

괜찮아   101

거품   102

새까만 문장   103

| 시평 |

불안과 고독과 공허로움 · 유창근   100

4부

처
음

1부

나의 길

나의 길

손바닥을 들여다보면 나의 길이 보인다고 했다
가로로 길게 하나
옆에서 밑으로 갈라지는 선 두 개
이 중 나의 길은 어느 쪽일까
어디로든지 끊겨 있는 건 매한가지
도려내고 파낼 수는 없기에
의미 없는 손금에 주먹을 쥐었다
들여다보지 않으니 사라진 길
하늘을 손으로 가릴 수는 없지만
대신 눈을 가리면 보이지 않는
극단적인 두 개의 선택지
미련 없이 투영하는 마음이 없듯
차라리 모른 체 사는 것이 나을지도
손바닥에 지도를 새겨 넣었음에도
한 줄기 아쉬움을 꽉 쥔 채
새로이 걸어가며 만들고 싶은 나의 길.

괄호 속의 이야기

타인이라는 말 앞에
그어 놓은 짙은 선
언제든 넘을 수 있기에
언제든 넘어올 수 있기에
평행봉을 걷듯
위태롭게 선을 따라 밟아 간다
상처 주기 싫었던 만큼
상처 받기 싫었던 노력
아무도 알아주지 못한
괄호 속 갇혀 버린 이야기.

이력서

삶이 적히는 방식은 간단하다
한 줄을 위해 달려온 길
적히지 못한 이야기에 맺힌 이슬
아무도 궁금해하지 않는 과정
기계적인 움직임
기록이 남지 않는 시간들은
사치에 불과한 낭비
어쩌면 적히기 위한 삶만
살고 있는 것일지도.

반복되는 장면

  종종 나의 하루를 촬영하면 어떠한 장면이 담겨 있을지
상상해 본다
  아침에 눈을 감고 해가 숨으면 일어나 버릇처럼 커피를
내리고
  잠에 취해서는 다시 방으로 들어오는

  거꾸로 흐르는 하루
  암막 커튼으로 사라진 낮과 밤
  시간의 개념이 사라진 자리

  무엇을 위해 이리 지내는지
  무엇을 위해 이리 사는지
  무엇을 위해 눈을 뜨는지
  무엇을 위해 눈을 감는지…

  그 언젠가 그 어느 날
  다른 장면이 담겨 있지는 않을까
  반복되는 삶에
  이유를 생각하는 것마저
  반복되고 있었다.

생각과 구상의 한 끗 차이

베토벤은 유언장을 쓰고도
다시금 피아노 앞에 앉아
떠오르는 악상에 펜을 들었다

반 고흐는 귀를 자르고도
다시금 캔버스 앞에 앉아
물감을 짜내고 붓을 휘저었다

교향곡이 흘러나오는
컴퓨터 앞에 앉아
이름 모를 티백 하나
뜨거운 물에 담근 채

그들의 이야기를 듣고
그들의 이야기를 흘리고

가슴이 아플지언정
나의 이야기는 아니기에
낡은 표현들을 빌려
의미 없는 감상을 흩뿌렸을 뿐인데

이상하리만치
감정을 도려내 담은
비애 가득한 문장만 적힌다.

오래 머무른

손을 뻗어 봐도
틈새로 빠져나가는 게 야속해
붙잡을 새 없는 바람을 따라
끌려가듯 걸음을 떼어 보니
구름과 나란히 걷고 있다

한없이 빠르다고 생각했던 것들은
발 맞춰 천천히 흘러가고 있었고
무채색의 단조로운 색감들은
조화를 이루어 그림으로 자리해 있다

다른 속도
다른 시각
새로운 공간
새로운 풍경

다 알고 있다 생각했던
오래 머무른 공간
우리가 몰랐던

그들이 보여 주고 싶어 했던 모습.

1악장

제목을 짓고 써 내려간 시이다
삶을 살아 보지 않고 지어진 이름처럼
악상이 떠오를 새 없이
나의 1악장은 준비 없이 그려졌다
색을 보지 못하는 사람에게
하얀색을 설명할 때
나의 시 1악장을 들려줄 것이다
혼자서는 아무것도 못하던 어린아이
그리는 대로 그려질
나는 하얀색으로 태어났다.

2악장

지나온 시간에 비례해 바뀌는 숫자
십 자리로 넘어오며 시작된 2악장
자아를 찾아 헤매는 사춘기 소녀에게서
흘러나오는 선율은 멜로디가 아닌 반주였다
낮은음자리표 옆 오선지를 가득 메운 음표들의 향연
어디에 속해야 할지 무엇을 해야 할지 몰라
정처 없이 떠도는 소녀의 앞길엔 계단만이 가득했고
한 발자국씩 디딜 때마다 흘러나오는 음의 빛은 초록색
이었다
따뜻하지도 차갑지도 않은 애매한 색채로 물들어 버린
소녀는 2악장이 끝나길 기다리고 있다.

2020년 봄

슬픔에는 깊이가 없다
측정할 수 없을 만큼
끝없이 가라앉기만 한다

고통에서 벗어나기 위해
발버둥을 쳐 봐도
더 깊이 가라앉을 뿐

가만히 기다리다 보면
다시 떠오를 테지만
그 긴 나날
무기력하게 버텨 봤자
가라앉는 것과 무엇이 다를까

들리는 말은 없고
뱉을 말도 막아 버리는
슬픔에는 바닥이 없다.

필름 카메라

온전한 건 없다. 지나쳐 온 많은 것들에도 정해진 길이의 심지는 타들어 가고 있다. 떠나간다는 것은 그런 법이다. 막연하다 느끼고 이질감이 드는 단어임에도 어느 것에나 붙어 있는 말. 영원한 건 없지만 조금이라도 더 오래 담아 내고 싶은 욕심에 빈 가방을 둘러메고 오른 여행길. 첫 사진을 보기 위해 서른여섯 장을 채워 넣듯이 무의미한 것들에도 셔터를 누른다. 사람이라면, 그런 사람의 손을 탄 것이라면 계속해서 머무를 수는 없는 법이기에. 수많은 장면들을 쥐어야 돌아갈 수 있는 여행은 외롭다. 꾹 눌러 넣은 필름이 돌아가는 소리가 짧게만 느껴진다.

구멍 난 주머니

박음질이 해진 주머니가 구멍났다
가득했던 꿈들이 바람 빠지듯 흘러나가고
놓치고 싶지 않았던 시간들을
멀뚱히 바라만 봐야 한다
더 이상 새나가지 않게 막아야 하지만
실도, 바늘도 다 잃어버렸다
뒤늦게 닫아 버린 판도라의 상자처럼
내게 남은 것은 딱 하나
버리고 싶어도 버릴 수 없는
어쩌면 구멍난 주머니 그 자체
밑바닥을 보니 알 수 있다
꿈도, 희망도 잃고 보니
절망만이 남았구나
내 주머니 크기를 알면서
치열하게도 담으려고만 했던 지난날
뜯긴 실밥이 마치 닳을 대로 닳아 버린
지금의 내 모습 같다.

달동네

허물어진 담벼락 으슥한 골목길
고요한 가로등 불빛이 우는 소리를 낸다
전봇대에 몇 번이나 덧붙인 전단지
구석진 곳에 널브러진 연탄 파편들
절뚝이는 걸음들만이 늘어섰고
주름진 손들만이 자리한 동네
끊어진 줄을 억지로 이어 붙인 듯
가득한 현수막 속 빨간 단어들
갈 곳 없던 노인들의 울부짖던 반항
골목 구석구석 선명하게 담겨 있다
달동네라는 이름에서 벗어나
중심지로 거듭날 거라는 사내들의 목소리
집을 허무는 소리보다 커다랗던
상처가 벌어지는 아픔
그들의 마음처럼 바스러진 집
어둠이 제일 빨리 덮치고
달의 외로움만 가까이했던
지나갈 이름 달동네.

막차

발 디딜 곳 하나 없는 지하철
억지로 집어넣은 몸
유리창에 비친 얼굴들은
무채색의 사람들

지상으로 달리는 지하철
차창에 닿는 빗줄기
까무룩한 창 밖
꺼지지 않는 불빛들

사회라는 열차에 올라탄 후
살아 있는 건 시간뿐
정지된 삶 속에 돌고 도는 순환열차
운행표는 늘 딱 하나

엄마의 치맛바람을 지붕 삼아
숨을 수 있었던 낯선 세상
표를 끊자 알게 된 실제

지상 위를 뛰놀던 아이들이 자라
지하에 익숙해져 있었다.

3자의 필요성

긴 필름의 회상 속
남기고픈 사진만 품고
하나씩 잘라 낸다

함께했던 그대는
사라진 기억인가
잊을 수 없는 경험인가
그것도 아니면
애초에 없었던 거짓인가

감당 못할 과거를 버리고
아름다운 추억만 간직하니
그 이유를 잊어버렸다
우리는 왜 헤어졌을까?

스쳐가는 이름

수많은 등장인물이 나오는 나의 책 속
어느 날 나타난 주인공 생각이 스칠 때면
길고 긴 작문이 쓰이지만
온통 지문에 따른 행동이 전부다

돌고 돌아 스쳐갈
12월 나의 이야기는
새드엔딩일 것이 분명하다
당신의 이야기 속 주인공은
내가 아니기에

돌고 돌아 찾아온
12월 너의 이야기는
해피엔딩일 것이 분명하다
나의 책 속 주인공은
너였기에

나는 그저
스쳐가는 이름뿐이기에.

밤하늘

보름달이 온음표처럼 긴 정적을 만들고
쏟아지는 유성우가 오선지를 가득 메운 음표처럼
밤하늘을 연주한다

선율을 타고 시리게 불어오는 바람
이 노래는 슬프다
밤하늘 가득 선명한 이름이 있기에

당신의 노래는 밝겠지
그대의 밤하늘에 내 이름은 없으니.

부끄러운 변명

사랑이라는 말에 담긴 무게를 아나요

풍선처럼 떠올라
금방 터져 버리기도 하고
버거운 말의 무게에
마음이 짓눌리기도 하는

속에 담긴 만큼 꺼낼 수 있어서
마음대로 무게를 정할 수는 없어요

말로 꺼내지는 못했어요
마음에 짐이 되지는 않을까
남김없이 뱉어 내
다시는 사랑을 느끼지 못할까

그래서 새겨 봅니다
당신과 내가 볼 수 있게
종이에 담아 언제든 꺼내 볼 수 있게

근데 이거 알까요
이 말 모두
부끄러워서 하는 핑계라는 걸.

선명한 흔적

꽃잎이 떨어진다고
떠나보내는 것은 아니다
꽃이 졌다고
잊을 수 있는 것도 아니다

만개한 풍경보다
그 잎이 흩날리는 순간이
오래도록 아른거리는 것처럼

내 속에 자리잡아 버린 것은
흐드러지게 피어나던 날보다
천천히 시들어 가는 순간이었다

꽃잎의 흔적은 선명했으며
그대는 나에게 꽃이었으니.

마침표

마침표는 늘 내 몫이었다

습관처럼 채워진 점 끝을 붙잡아
꼬리를 만드는 게 너의 역할이었고
수많은 쉼표가 여태껏
우리를 이어 왔다

자연스런 반복이
당연하게 몸에 배어 있을 즈음
처음 마주한 뒷모습
모난 곳도, 빈틈도 없는 둥근 점

애초에 꼬리는 없었던 걸지도
그렇기에 한 번도 보이지 않았던 걸지도

내 몫이라 여겼던 마지막
진짜 마침표는 너였다.

후회

붙잡고 있는 건 아닐까
쉽게 놓지 못하는 이유는
내가 아닐까

꺼지는 불씨를 두고 보지 못하고
끈질기게 살려 내려는 미련함

등을 보이고 돌아섰음에도
멀리 달아나지 못하고

주위를 맴도는
혹시나 하는 기대

결국엔 다 나였다
불안함을 키운 것도
미련함을 자라게 한 것도

내가 못나 자초한
나의 잘못이었다.

2부

미련한 마음

미련한 마음

행복을 순수하게 받아들이기엔
나는 너무 자라 버렸다

언제 또 잃을지 모른다는 불안함
처음부터 내 것이 아니었다고 생각하면
빼앗기고 사라져도 덜 아프지 않을까

잃는 것이 두려워
굳게 닫아 버린 마음

아무것도 곁에 두지 않는
고집스럽고 미숙한 삶의 이름이다.

겁이 나요

내 계절엔 폭우밖에 없어서
봄이 온 당신의 옆에 있는 것조차
겁이 나요

예쁘게 핀 당신의 꽃잎이
견디지 못한 바람에
매섭게 내리는 빗물에
바닥으로 쏟아질까 봐…

자꾸만 겁이 나요.

놓지 못하는 건

결말이 뚜렷하게 닫혀 버린 책 한 권
기억의 장을 끝에서부터 천천히 훑어보니
아름다운 추억은 저 끝 구석에
죽은 듯 숨어 있다.

무력한 밤

　기나긴 밤 적막이 찾아와 건넨 소음. 곁을 맴돌던 시계의 초침 소리는 고요함을 부수고 온몸을 찔러온다. 내게만 들려오는 소란스러운 아픔. 감당할 수도 잠재울 수도 없기에. 그 고통을 품은 채 잠에 빠져들려 아우성을 치고 쓰러지기만을 자초했던 무력한 밤.

마음으로 쓰는 시

감정에 스위치가 없다는 걸 알았을 때
처음으로 글을 적었다
줄 수 없고, 끌 수 없다면
더 이상 적을 게 없을 때까지
다 털어내 보자고
빗물 고인 웅덩이가
바람에 떨듯
툭 떨어진 눈물방울에
잉크는 번져 가고 글씨는 짙어진다
끄집어낼 수 없을 만큼
심연의 깊은 곳까지
뿌리내린 너를 뽑으려 하니
아파서 자꾸만 눈물이 난다.

단역배우

한 발짝만 더 내디디면 될 줄 알았는데
그곳이 절벽이라는 걸 알았을 때
주인공인 줄 알았던 극에서
한순간 이름 없는 단역이 되어 있었다
소리 없는 바람은
들리지 않는 지문(地文)
조명 없는 어둠 속
아무도 궁금해하지 않고
갑작스레 사라진대도
이야기에 아무런 영향도 없을
지나가는 행인 1의 서사
무너진 것은 길이었을까
자존감이었을까
들리지 않을 독백

나의 장면은 끝나 있었다.

착한 사람

의지가 아님에도 눈을 뜨고 있기에
마지못해 걸어가고 있다

동의 없이 지어진 이름
가슴팍에 붙이고
하루에 몇 시간
멋대로 쥐어진 연필을 끼적였다

착하게 살아라, 나쁜 행동하지 말거라
좋은 사람이 되기를 강요하던 당신들은
어떤 사람인가요?

참으라 해서 참았고
시키는 건 다 했는데
곪아 버린 상처는 왜 나의 몫인가요

변해 버린 성격
누구를 탓해야 할까

지키지 못한 단 하나
착한 사람이 있기는 한가요.

아름다운 이별

뿌리를 잘라 버린 나무에게
더 많은 물을 준다고
다시 뿌리가 자라진 않는다

돌아선 마음 또한
잠시 붙잡을 수는 있어도
떠나는 것은 막지 못하니

시들해진 모습을 옆에 붙잡고
좋은 추억마저 덮어 버릴
안 좋은 기억은 남기지 말기를

떠나보내 주는 것이야말로
이별 앞에 아름다운이라는
수식어를 붙일 자격이 충분하니.

가을을 보내며

노을을 집어삼킨 바람이
빠르게 스쳐간다

계절을 건너가는 발걸음이
짧아져만 간다

온기의 색감들이 추위에 얼어붙어
이름만 존재해진 계절

가을을 설명해야 하는 날이
다가오고 있다.

겨울나무

평행되어 그어진 두 개의 직선
사이는 속이 텅 비었고
그 위에 하얗게 뜬 구름 하나

소복하게 쌓인 눈덩이에
색채마저 잊어버린
가여운 나무 한 그루

존재의 의미만 둔 그림
향기도 없고 날아드는 새도 없는
하얀 배경은 어쩌면 무(無) 그 자체

겨울나무는
나의 자화상이다.

꽃 한 송이를 지킨다는 것은

사랑하는 만큼 물을 주었고
아끼는 만큼 가꾸었고
닳을까 싶어 감추었다

할 수 있는 걸 다 해
보듬어 보아도
점점 시들어 가는 잎사귀

말라 가는 모습에
발만 동동 굴렀고
어찌해야 할지 몰라
더는 건드리지 못했다

열심히 해도 안 되는 것이 있다고
스스로를 달래 봐도
피어난 것이라고는
사무치는 좌절감과 배신감

그때 버린 꽃의 이름을 한동안 잊고 지냈다
돌아보고 싶지 않았기에
지난날 꽃집에 갔다가 다시 마주쳤다
이리도 활짝 필 수도 있다니

모든 것들에
그들만의 시간이 있다는 걸
내 마음만 우선 삼아
배려하지 못했다는 걸
너무 늦게 알아챘다.

혼자 먹는 밥

시간 약속을 정할 필요도
따져 가며 메뉴 선택을 고려할 필요도
어느 곳에 가야 하는가 상의할 필요도 없이
오롯이 나 하나만을 위해 결정할 수 있음에도

밥을 먹기 위해서가 아닌
밥알의 수를 헤아리려 젓가락을 들고
국을 떠먹기 위해서가 아닌
국의 양을 재려 수저를 든 느낌

텅 빈 앞좌석
말을 걸어 주는 이는 휴대폰 하나뿐
입은 오롯이 먹는 것에만 집중해
빠르게 그릇을 비워 낸다

여유를 가질 수 있음에도
외로움이 무뎌져 당연시되어도
그 자리에 쓸쓸함을 낳아
새로 자리해 버리고 마니

우리라는 말 틈에
혼자라는 말은
어떤 수식어를 붙여도
공허할 뿐이다.

달력을 뜯으며

삶은 질문의 연속이다
답을 내지 못하고 하루를 보내면
물음만 끝없이 쌓인다

해결하지 못한 숙제가 가득
점점 얇아지는 올해의 시간
짧게 남은 섣달 꼬리

뜯긴 종이를 다시 붙인다고
어제는 돌아오지 않기에
놓쳐 버린 것이 아닌
놓아준 것이라고

커져 버린 숫자를 찢어
작아지고 두꺼운 달력 속으로
답을 넘긴다

미루다 보면
해결하지 않아도
괜찮은 날이 오겠지.

호수에 비친 모습

마음이 여린 아이는
억지로 눈물을 삼켜 내려다
속 깊이 아픔을 키우고
아물지 못한 상처에
물을 담아 자라게 한다
그 물을 담아 두지 않으려
쉼 없이 퍼내려도
깊은 호수로 흐르지 못하고
고여 버리는 진물
누구나 도와줄 수 있지만
누구도 도와주지 않는
비춰진 물에는 어린아이뿐이다.

어쩌면 삶이란

촘촘하게 박혀진 정교함에 속아
끝에서 툭하고 끊어졌다는 걸 모르고
한순간 모조리 풀려
완성을 앞에 둔 작품이 원초적으로
무엇이든 될 수 있는 영감으로
삽시간에 되돌아가고 만다

장난이라기엔 가혹하고
잘 짜여졌다기엔 허술하고
남은 것 하나 없어 보여도
흔적을 손에 쥐고 있기에
허탈한 마음에 터져 나오는 헛웃음

어쩌면 인생은
잘 짜인 장난일지도.

그랬다면

잎이 피었을 때 만났다면
조금 달라지지 않을까

지나면 날아갈 거란 안일함에
즐겁기만 할 줄 알았던 비눗방울이
견디지 못하고 터져 버린 건 아닐까

시작은 옅은 흔적으로만 남았는데
끝은 잊히지도 않을 만큼 깊어져
소나기인 줄 알았던 날들이
산돌림처럼 곁에 맴돌다
긴 장마가 되어 머무는 건 아닐까

비가 오는 날
떠나지 않았다면
우리는 함께일까.

수면제

억지로 꿈을 꾸려 해도
무의식에 갇히게 되면
그저 흘러가는 데로 놔둘 뿐

잡았다고 생각해도
깨어나면 손에 쥔 것은 없고
점점 잊히기만 할 뿐

나무가 자라는 시간도
장면이 바뀌는 순간도
시간을 거슬러 가다
현실과 비현실이 헷갈릴 즈음
깊은 꿈을 꾼다

진짜와 가짜의 구분이 희미해져 간다.

글이 주는

숨을 불어넣은 문장은
종이 안에 문자라는 형태로
다양한 곳에 살아 숨 쉰다

한 번의 손짓
선들의 조합
머리를 훑고 가슴속 깊게

아무도 가늠할 수 없는 것이기에
서로를 모르는 삶 속
비슷한 감정을 공유하며 지내고 있기에

숨을 불어넣은 문장이
종이 안에 문자라는 형태로
다양한 곳에 살아 숨 쉴 수 있기를.

어찌해야 할까요

잠깐 손님으로 들렀으면서
왜 씨앗을 흘리고 가셨나요

물 한 번 준 적 없는데
그리움 먹고 자라 버린 새싹
이제 어찌해야 하나요

깊게 내려 버린 뿌리
썩어 문드러지는 걸 방관할까요
아니면 어떤 모습으로 피어날지 몰라
궁금하다는 핑계로 기다릴까요

나는 이제 어찌해야 할까요.

자연스러운 기억

현재가 흩어진 순간에도 기억해 주었으면 좋겠다는 말은 모순 덩어리에 지나지 않는다. 기억해 준다 한들 그렇지 않다 한들 그게 무슨 소용일까. 같은 숨을 내쉬고 있는 지금, 누군가의 일상에 한 부분이 되어 가고 있다면 그걸로 충분한 것이 아닐까. 그 이상 생각의 저장이라는 찰나의 영역까지 넘보는 건 자연스럽지 않고 이치에 어긋난 무모한 꿈일 뿐인데.

겨울의 끝

겨울이 끝나는 곳
숨죽여 삼킨 눈물
한 번에 쏟아 낸 뒤 남은
텅 빈 여백
자취만 드리운 공간
아무런 향도 나지 않는 언덕
구름과 맞닿은 자리
다시 피어날 준비를 하며
저버린 꽃잎처럼
눈송이가 되어 더 깊게 스며든다.

3부

흔한 글

흔한 글

고민들은 흔한 걱정이고
끼적인 선들은 그저 그런 푸념
어렵고 심오한 단어들이
문장을 멋스럽게 만들 수 있겠지만
특이하고 특별한 것보다는
흔하고 쉬운 게 더 잘 스며들지 않을까
지금 나의 걱정이
누군가의 고민이진 않을까
비슷한 세상에서
닮은 듯한 나날을 보내는 사람 중
한 명이 적은 흔한 글
누군가 적고 싶었던 말이지 않을까.

현실에 대해

애초에 꿈은 말 그대로 꿈일 뿐
이룬 사람은 적고
실패한 사람이 더 많다는 걸
어른들은 말해 줬어야 한다

우는 배를 채우지 못해
아무것도 모르던 아이가
별만 가득 주워 먹을 때
말렸어야 한다

현실은 주인공의 환상처럼
아름답지 않다는 걸
일찍이 말해 줬어야 한다

지금도 어딘가에서
모든 것은 빛난다고 믿는 아이들이
죽은 어른이 되기 전
말해 줘야 한다.

타인의 이상

시간이 흐를수록 늘어나던 상자가
어느덧 방 안 가득
가장 예쁘다고 말하는 시기에
준비도 없이 부담을 둘러메야 한다

모든 게 처음이라 허둥대도
기다려 주지 않고 쌓이는 새로운 시선
더 이상 아무것도 들어올 수 없게
마음의 문을 굳게 닫아 버린다

세상을 높게 바라봐야 하는 때에
무게를 이기지 못해 땅만 바라봐도
물어봐 주는 이 없고
아프다 말해 봐도
때가 흐르면 지나갈 것이라고

나에게서 멀어져만 간다
애초에 없었던 것처럼 도려내지길 바란다
고통 속 스스로를 달래줄 방법을 모른다

타인의 이상 속에
주어는 갇혀 버렸다.

시인

　시인은 슬프다. 제 아픔을 그대로 담아내 사람들에게 보여야 하니 눈물이 많아야 하고 상처가 많은 사람이 좋다

　시인은 다정하다. 누군지도 모르는 이를 한 줄의 글만으로도 달래줄 수 있으니

　시인은 불쌍하다. 생각하고 싶지 않은 아픈 감정까지 꺼내 글로 담아내려 받았던 상처의 종류와 깊이를 가늠해 본다

　시인은 애달프다. 고민과 걱정의 한 끗 차 두 단어의 미세한 무게의 차 비교하며 아무는 아픔을 억지로 벌려 상처의 크기를 재고 있다는 게

　오늘도 나는 그 흔적을 떠올리며 펜을 잡는다.

신의 장난

잘못 태어났을지도 모른다
건강하게만 자라다오 라는 거짓말에
삼신할미가 실수한 걸지도 모른다

아름다운 격자 속 지독한 저주는
하루에도 몇 번이나
슬픔과 기쁨을 왔다 갔다 하며
맹목적인 행복을 좇게 만든다

수많은 질문을 건네는 삶
배운 적 없는 문제를 풀라 말하지만
신조차 답은 모를 것이다

한 줌의 재가 되어 버릴 마지막
모두가 알고 있는 결말
그 속에서 의미를 찾아야 하는 걸까

아, 또다시 고민에 빠져 버렸다
신의 노름에 놀아나고 만 것이다.

마음의 꽃

외로움이 마음속 화단을 고립시킨다
끝도 없이 높고, 단단하며
밖에서는 안이 보이지 않는
유리 벽 안에 혼자 메말라 가고 있다

관심을 갈구해도 나비는 오지 않는다
뿌리내려 존재만 할 뿐
움직이지 못하고, 꽃이 피지 못해
향기가 나지 않는다

물을 주면 나아질까
그러나 남은 물이 없다
애초에 아무것도 없었을 수도

소리 없이 땅속에서 썩어 가는 씨앗
그나마 다행이다
꽃이 피고 시들었다면
그 모습이 더 아팠을 테니

묻어 주지 않아도
묻혀 있으니.

종이비행기

공책에 적힌 수많은 그림자
펜을 집어 든 순간 가득했던 단어
바람처럼 흩어지고
겉멋만 든 표현이 정처 없이 떠다닌다

깊게 새긴 각인들
파내도 흔적이 남아
날지 못하면 어쩌나
곱게 접어 놓고 망설인다

폈다 접었다
또 폈다 접었다

시간이 흐를수록 보잘것없이
꾸깃꾸깃해져 버린 마음
멀리 가지는 못해도
용기 내 날려 봤다면 어땠을까

해져 버린 종이비행기
주름마저 가득해진 글
혹여 누가 볼까 싶어
주머니에 넣어 숨겨 버린다

아무도 모르는
마음을 접는 과정이다.

불 꺼진 초

비추는 햇살 몇 점에 쉽게 타들어 가고
텅 빈 밤
홀쭉한 바람에 사라져 버리는
작은 촛불 하나
깜깜한 그림자 속에서
다른 빛을 찾기 위해
좌우로 몸을 흔들어 발악하지만
넓은 곳을 비추기엔 작았고
오래 머무르기엔 약했던 희망
어느새 회색빛 연기가 되어
공중에 흩어진다
어두워진 곳은 밝히려고도 하지 않고
보이는 곳에만 뭉쳐 있던
견고한 오랜 정적 속
그 틈을 비집지 못한 촛불 하나
빛을 잃어 연기만 내뿜는
타들어 간 심지가 되었다.

무슨 이야기를 해야 할까

슬픈 이야기 말고
우울한 이야기 말고
무거운 이야기도 말고

무슨 이야기를 해야 할까

천천히 지나가는 구름
곁을 스치는 바람
떠나간다는 것을 알면서도
함께하는 지금

무슨 이야기를 해야 할까.

적당히

너무 좋아하면 금방 달아나 버리지 않을까
매일 슬퍼하면 오래 남아 괴롭히진 않을까

한쪽으로만 치우치려는 마음을 붙잡아
적당히 살아가려 노력하고 있어

목이 말라도 한번쯤 참아 보고
걷던 걸음을 문득 멈춰도 보고
하늘을 보려다가도 눈을 감아 보며

자꾸 한쪽으로만 기우는 감정을 붙잡아
적당히 살아가려 노력하는데

모래알처럼 흩어진 자국들과
눈을 쫓아 존재하는 모습들이
자꾸만 날
적당히도 못하는 사람으로 만들어.

청춘

꽃다운 청춘이라 해도
활짝 피어나지 못할 수도 있고

다시 시작할 수 있는 나이라 해도
좌절하면 일어나기 쉽지 않으리

아무나 부딪혀 보라 해도
겁 많은 어린애에 불과한데

왜 다들 좋을 때라 말했던 것일까
어른이 되어 그 시절을 돌아봐도

참 많이 아팠는데
정말 많이 아팠는데.

핑계

누구나 한 번쯤 실수할 수 있어
나라고 다를 거 없잖아

반복이 되면 불안해지고
잦아지는 실수는 좌절이 되고
열 번이 넘어가고부터는 세지도 않아
내가 그렇지 뭐, 원래 그러니까

되돌리기엔 실수가 너무 많아서
이 정도밖에 안 되는 거라며 테두리에 가둬 두고
펜을 바꾼다고 글씨가 달라지는 것도 아닌데
멀쩡한 걸 버리고
새로운 것만 찾으려 해

그런데 있잖아
글씨체가 바뀌지는 않아도 화려해질 수는 있는 거잖아
더러워진 옷을 빤다고 새것이 되는 건 아니지만
깨끗해질 수는 있는 거잖아

노력 한 번 안 해 본 사람이 어딨어
핑계로 보일지 몰라도
다 하고 있었잖아.

인간관계

무의미한 관계라 할지라도 괜찮다고
없는 것보다는 낫다고 여겼다
그러나 혼자인 것보다 더 사무치게
외로울 것이라 생각지 못했다

잠 못 드는 밤 휴대폰을 뒤적이다
이만큼의 고민과 걱정을 나눌
진정한 관계가 없다는 걸 알았다

빼곡히 적힌 연락처
어째서 이 사람들과의 인연을 물고 늘어졌을까
놓으면 끝나는 관계인 것을

손가락 몇 번에
삭제 버튼을 눌러도
내 마음만 공허해질 뿐이다.

기억의 책장

기억을 조각내
같은 색으로 묶어
책장에 진열해 두었다
뚜렷했던 그리움은 벌써
바래지고 닳아 희미해졌고
그늘진 아픔들은
빳빳하고 선명하게 자리잡아 있기에
드문드문 페이지 속
울고 있는 종이 덕에
새것이 아니라는 사실을 깨우치고
언젠가 해지고 찢어져
잔상만 남게 될 지난 감정들을
다시 꽂아 둔다.

남겨진 기분

검게 그을린 하늘
햇빛에 바싹 타 버린 구름
축 처지고 눅눅해진 공기

채색이 흐려진 창밖
유리를 덮는 소낙비에
골절된 피사체는 왜곡돼
어긋나 버린 시야

멋대로 찾아왔듯이
그렇게 또 떠나가겠지
불규칙적인 소리에 익숙해질 즈음
모두가 그러한 것처럼

모든 걸 다 받아 주고도
홀로 남겨진 기분
신경조차 쓰이지 않겠지
그러니 또 찾아온 거겠지.

지금이구나

빈틈없이 붙어 있는 정사각형
그 안을 채워야 하는 검은 선들
어떤 모양을 그려
무엇을 담아야 할까
걱정, 후회, 고민, 슬픔…
가장 아픈 기억을 적어 볼까 싶어
찬찬히 순위를 매겨 보면
그만 쓸쓸해지고 만다
지금이구나
여태껏 아팠던 기억을
다 떠올린 지금
가장 슬퍼하고 있다.

다르니까

좋아하는 색이 다르고
좋아하는 음식도 다르고
살아온 환경도 다르잖아

그래서 상처받는 크기도
모두 다른 거야

왜 나만 더 아플까
왜 별거 아닌 걸로 나는 이럴까
감정에 휘둘리고 짓눌리지 마

다른 사람보다 마음이 더 여린 것 뿐이고
다른 사람보다 걱정이 더 많은 것 뿐이고
다른 사람보다 인정이 더 많은 것 뿐이니까.

외로움

새벽 도로에는 아무도 없다
오롯이 혼자만 존재하는 기분
겨울 칼바람이 매섭게 뺨을 스쳐
생채기라도 낼 듯이 불어온다

존재마저 보이지 않게
가로등 불빛마저 훔쳐가 주었음 싶다
저 멀리 차 한 대가 달려오고 있다
아, 나 혼자가 아니었구나
그러나 휙 하니 빠르게 내 앞을 스쳐지나간다

다시 또 혼자가 되었다

깜빡이는 신호등쯤 무시하고 도로를 건너도
아무도 모를 것이다
끊임없이 나에게 질문해 보았다
너는 왜 이 추운 날 혼자 나와 있는 거니?
나는 대답했다
날은 늘 추웠고, 애당초 내 옆엔 아무도 없었어

외로움에 발버둥쳐도 혼자다

계절은 늘 겨울에 멈춰 있었고
시간은 늘 새벽에 맞춰 있었다
바뀌지 않는 일상 속

나는 혼자다.

젖어 버린 밤

깨져 버린 유리 파편들이
머릿속을 돌아다니며 상처를 낸다
해결 못한 부스럼
손쓸 수 없는 시간에
머물러 있는 걸 알면서도
지나 버린 후회의 색은
짙게 번져 남아 있다
애써 다른 색을 덧칠해 보려 해도
점점 더럽혀질 뿐
이내 새까맣게 젖어 버린
나의 깊은 밤에는
오늘도 비가 내리고 있다.

놓치고 있는 것

놓치고 있었다

어릴 적 품었던 꿈들
순수했던 마음들
주위 사람들

하나둘씩 떠나보내며
메마른 땅에
우두커니 혼자 남았다

새싹을 피우지 못하는 마음은
저 멀리 피어 있는
화단을 부러워하지만
다른 세상의 이야기인 양
스스로를 달랜다

왜 나는 이럴까

길 잃은 나비가 다가오면
초라한 모습 보이기 싫어
먼저 숨어 버리는

어쩌면 내가
나를 놓치고 있는지도….

4부

처음

처음

덧붙이면 지저분해져도
나열하면 조화로울 수도
온갖 냄새가 뒤섞인 것이
맡아 보지 못한 새로운 향이 될 수도

어울리지 못하는 모양들이 모여
예술이라는 이름 아래
작품이 되는 것처럼

익숙하지 못한 것은
틀림이 아닌 다름인 것이니

누군가는 가 보았던 길일지라도
내게는 초행길이라면
정해진 목적지마저
똑같으리라 생각지 말기를.

아무것도 아닌

파도가 밀려올 때마다
부서져만 가는 과거
조금씩 무너져 가는 방 한편

물에 젖은 그리움 말고
불에 그을린 괴로움 말고
위태롭게 살아 있는 격자 속
시간의 조각들

자주 꺼내 보지 않아
구석에 웅크린
선명한 망각의 파편

잔상만이 남은 틈 사이
유독 선명하게 밑줄이 그어진 것은
아무것도 아닌 날
아무것도 아닌 하루였다.

지나온 길

작게 시작된 불씨가 문제였을까
장작을 넣어 화력을 입힌 게 문제였을까
방관하며 말리지 않은 게 문제였을까

책임은 떠넘기기 급급하고
지나온 행보를 비교해 가며
실수와 잘못을 분별해 간다

한 번 옳은 일을 했다 하여
모든 행보가 옳은 길이라
단정할 수 없음에도

걸어온 길 위에 남은 발자국
지워지지도 지울 수도 없이
결과는 늘 상대적이다.

책갈피

해진 책 한 권 손에 들자
힘없이 떨어지고 마는 책갈피
언제부터 얼마 동안 그 자리를 지켰을까
숨 한 번 돌리지 못하고
두꺼운 종이 틈에 끼여
반듯하게 지키고 있었을 책갈피
한동안 까맣게 잊고 지냈다
네가 지키던 문장들
내가 새겨넣은 페이지.

붙잡을 수 없는 문장

글로 담았던 말들은 입으로 하기 어렵고
입으로 내뱉던 말들은
거르고 걸러 글로 담지 않는다

다정한 말은 부끄럽다고 못하면서
날카로운 감정에 휘둘려
왜 그리도 쉽게 빠져나가는지

펜을 잡으면 빼곡해지는
낯선 문장의 연속
늘 앞질러 가는 시간이 아쉽다

붙잡을 수도 없이 끊어지기 전
작은 것부터 천천히
사소한 것부터 느리게.

시든 하루

구름에 감기는 두 눈
어두워진 밤하늘
깜빡이는 신호등과
쓸쓸한 바람의 독백
들어줄 귀가 없기에
색을 잃어 가는 나날
자막도 없는 고요함이
시들어 가는 하루를 만든다.

글감

새까맣던 하늘을 떠올리면
머릿속에 반짝이는 이름 하나
별이 되어 쏟아지는 유성우처럼
하얀 여백 위에 스며드는 검은 잉크
주위 모든 사물은 단어가 되고
색감은 어휘로 변해
뚜렷하게 내려앉는다.

다정한 사람

다정한 사람이 되어
보듬어 주고 안아 주고 싶었을까
시간과 위로는 비례하지 못하고
어쩔 수 없는 타인임을 깨닫는다

외로움은 전염성이 강하기에
방치되는 게 나을지도

누구를 위한 것일지 모를
깊은 수심 속
가라앉고 마는 생각

끝끝내 잔인한 말을
떠넘기고 마는 그대
다정한 사람으로 남고 싶었을까.

짝사랑

사랑이 인생의 전부는 아니라지만
모든 감정의 이유가 될 수는 있다

지켜보는 것만으로도 좋았고
앞서가려는 마음을 눌렀고
창피함이 향하는 마음보다
결코 크지 않았음에도 주저했고

멀어지진 않을까
두려움에 다가서지도 못했고…
매 순간 망설였다

사랑은 둘이 하는 거라지만
혼자 시작하는 법도 있으며
홀로 끝을 맺는 사랑도 있다

두 사람의 몫을 혼자 했기에
그 크기는 늘 벅찼고
홀로 간직하기에 아무도 몰랐던
너무 아팠던 사랑이다.

혼자, 그 익숙함

잃을지도 모른다는 불안함에
곁을 비워 두었다

혼자가 되는 아픔보단
처음부터 혼자가 낫지 않을까 싶어
다가오면 도망갔고
붙잡으려 하면 뿌리쳤다

그래서 알지 못했다
소리 없이 자리한 외로움이
실체도 없이 다가온 쓸쓸함이
깊숙이 붙들려 있었다는 걸

이제 내어 주고 싶어도
그럴 수 없는
곁이 되어 있었다는 걸.

하루의 끝

여백 없는 문자 숲 사이로 버려진 숫자
시간은 정처 없이 흐른다
달력을 넘기지 않으면 내일이 찾아오지 않을까
까마득한 어둠 뒤로 해가 뜰 내일과
한 달 후, 1년 후의 걱정들을
조각내어 잠자리에 드는 하루
지난날의 치열함을 알려 주듯
귀퉁이가 찢겨 나간 달력
반복되는 삶이 멈춰 있지 않다는 걸 알려 주듯
째깍째깍 소리 내는 시계 초침
조각난 거울을 맞춰 봤자
깨진 모습만 보일 테고
꼬인 실타래 안간힘을 써 풀어 봐도
수없이 엉킨 실타래 중 하나일 텐데
귓가에 울리는 가식적인 무리의 웃음들
그 속의 숨죽인 인고
오늘도 빛은 기울어 간다
저 멀리 해가 떠오르고 있겠지.

마음을 찍는 사진기

눈을 깜빡이자
눈동자 속 피사체가
상대의 마음속을 투영한다

찰나를 담는 사진기처럼
스쳐지나가는 장면을 담아내듯
순간의 향기 분위기 소리까지

매섭게 바라보는 상대
작게 움직이는 펜 끼적임에
신경을 곤두세운다

머릿속을 바쁘게 돌아다니는
오만 가지의 감정들
긴장이란 버튼은 꺼지지 않고

계속해서 찍어 내는 사진을 통해
담겨 있는 마음을 읽어야 한다
마음을 읽는 사진기가 되어.

붉은 리본

새끼손가락에는 보이지 않는
붉은 실이 묶여 있다
함께 매듭지어 두 손에 묶었던 리본
깨지지 않을 것 같았던 약속은
뒷걸음질하던 한 사람의 선택에
가볍게 풀려 버린다
두 사람의 시작
한 사람의 결론
이제껏 내 모든 선택이
이기적인 너의 결정에
모순으로 끝나 버렸다.

겨울 산

정수리를 하얗게 덮은 눈
미처 자라기도 전에 알아 버린 삶의 무게
소복이 쌓인 눈덩이에 눌려
자꾸만 고개를 숙이는 어린 소나무

하얀 겨울 산을 보며 감탄하는 사람들
어린 상처를 미화시키는 모순이 아닐까
기울은 경사에 뭉쳐진 눈덩이가
어린 나무에 부딪히자 조금의 짐은 덜었지만

너무 일찍 알게 된 삶의 무게 앞에
휘청휘청 고개를 흔들며
고통을 견뎌야 하는 어린 나무를 보며
혹독한 삶을 깨닫는다
겨울 산 앞에서.

새떼들의 노력

새떼들 까맣게 날아올랐다
파랗던 하늘이 어둠을 머금고
하늘이 제 색을 찾을 즈음
그중 한 마리
뒤처져 따라가고 있다

새떼들이 멀리 가지 않는다면
무리 안으로 들어갈 수 있겠지만
쉬지 않고 가 버린다면
뒤처진 새는 외톨이가 되겠지

잘못한 것도 없이
그저 느리다는 이유로
외로이 남겨져 버리는 건
사람이나 새나 매한가지

노력하면 알아주겠지
바로 알아주는 이는 없겠지만
포기하면 비난하겠지
여태 노력은 본 체도 안 하고…

매정한 세상에서 우리는 살고 있다
무리에 끼기 위한 쉼 없는 날갯짓
알아줄 거라는 기대보다
비난받지 않기 위함인 것을.

자욱한 안개

모든 것에 다 지쳐 힘들 때가 있다
꿈은 있지만 막연해 보이고
안개가 뿌옇게 낀 것처럼
맞는 길을 걷고 있는지 확신조차 서지 않는

꼭두각시처럼 사는 삶
길이 정해진 지도를 손에 쥐었기에
산 하나를 간신히 넘어도
그 뒤에 더 높은 산들이 남았다는 걸 안다

오르막길뿐이다
차라리 내리막길이 낫겠다 싶지만
내려갈 곳도 없는 밑바닥에 있다

해가 뜨면 한숨이 나오고
달이 보이면 무분별한 생각만
머릿속에 한가득

막연한 꿈을 목표로 삼았나 드는 의문
땅바닥을 기어 살아야 되는 운명을 짊어졌는데
하늘을 나는 꿈을 꾸는 건 아닐까
새로 태어났지만, 날개가 없는 새는 아닐까

막연함에 겁을 먹는 것조차 지칠 만큼
오늘도 짙은 안개가 눈앞에 자욱하다.

지나가는 구름

흐른다는 것에
기뻐해야 할지
슬퍼해야 할지

무심해 돌아보지 않고
부지런해 쉬지 않아
지쳐 버린 사람들

기다려 주지 않는다
다시 따라간다
아니, 끌려간다

떠다니는 구름도
일찍이 눈치챈 거야
그래서 멈추지 않는 거야.

괜찮아

고민은 한숨이 되어 입 밖으로 나온다
처음에는 금방 공기 중으로 흐려지지만
겹치고 쌓이면 뿌연 연기로 자리잡아
시야를 막고 분별감을 훔쳐 달아난다

하늘을 가릴 정도로 글 가득해진 고민
세상을 무채색으로 뒤덮어
가랑비가 쏟아져 내려와
몸속에 스며들고
깊숙이 나를 짓누른다

괜찮아

책임지지 못할 말뿐인 위로
그 또한 괜찮아
이렇게라도 생각지 못하면
틈 없이 꽉 찬 점 하나가
페이지의 마지막을 장식할 테니.

거품

속이 텅 빈 진실은
한마디를 홀로 보내는 온음표
오해를 품은 진실은
거품처럼 부풀어져 떠다닌다

시선을 빼앗아 달아난 방울
순간의 재미에
홀려 버린 사람들

그림자도 없이 순식간에 날아가고
허공에 흩어지는 진실은
사람들의 관심을 훔쳐간다

왜곡된 사실
버티지 못할 만큼
부풀어 가기만 했던
비누 거품의 이야기.

새까만 문장

감정을 꾹꾹 눌러 담은 글씨는
여러 장에 자국을 남기고
몇 번의 악순환을 되풀이하면
그 위에 덧칠된 또 다른 감정
수없이 많은 말들이 겹쳐져
무거운 문장으로 완성된다
풀어내고자 적은 글조차
격해진 마음들을 품어내지 못하기에
새까맣게 자리해 버린 말들

이제 나는 어떻게 해야 하나.

불안과 고독과 공허로움

유창근(문학평론가 · 문학박사)

    시집 「괄호 속의 이야기」를 상재한 한유정은 20대 젊은 시인이다. 등단한 지 채 2년이 안 되어 세상에 첫 시집을 내놓은 용기와 열정에 큰 박수를 보내며 앞으로 작품 활동에 기대를 건다. 우리나라의 유명한 시인 김소월이나 윤동주도 감수성이 뛰어난 20대에 그 명성을 떨쳤고, 퓰리처상을 네 차례나 받은 미국 최고의 계관시인 로버트 프로스트(Robert Frost)도 그가 실의에 빠져 있던 20대 중반에 〈가지 않은 길(The road not taken)〉이라는 시를 써서 유명해졌다. 프로스트의 경우는 열 살 때 아버지가 돌아가시자 오랫동안 버몬트 농장에서 일하며 겪은 아픔을 소박한 농민들의 목소리와 자연의 섭리 위에 담아낸 것이 독자들에게 크게 공감대를 형성한 것이다. 이들은 궁핍한 시대를 살면서 겪은 트라우마를 작품으로 승화시켰다는 점에서 공통적이다.

문학작품은 역사나 사회적 관점으로 보는 일도 중요하지만, 그에 못지않게 한 개인의 정신적 산물로 조명하는 방법도 의미가 있다. 우리에게는 아직 낯선 영역이지만 해외에서는 작품의 내면세계, 즉 무의식을 분석함으로써 작가와 작품의 관계를 규명하려는 작업이 활발하다. 작품을 폭넓게 읽을 수 있다는 차원에서 다행스러운 일이다. 특히 프로이드 이후 인간의 무의식 세계를 의식 세계의 잠재 작용으로 보려는 심리학이 문학에 도입된 것은 매우 흥미로운 일이다. 문학작품 배후에 있는 인간세계, 즉 작가의 정신 및 심리 반영, 그리고 창작과정 자체에 대한 연구는 문학의 현대화를 성공적으로 이끄는 데 크게 기여했다고 할 수 있다.

한유정의 시집 「괄호 속의 이야기」는 제목이 신선하고 함축적이다. 제목이 암시하듯 괄호 속에 숨어 있는 무의식 세계를 심리적인 시각으로 들여다볼 때, 작품을 훨씬 더 넓고 깊게 평가할 수 있다는 생각이다. 여기서는 먼저 시 작품을 분석하면서 시인의 내면에 잠재되어 있는 대표적 정서를 추출하고, 그 정서들이 작품에 어떤 영향을 끼쳤으며, 어떻게 작품으로 형상화되었는지를 조명하고자 한다.

한유정의 시집 「괄호 속의 이야기」를 이해하기 위해서 먼저 괄호의 의미를 풀어내야 한다. 괄호의 사전적 의미는 숫자, 문자나 문장, 수식의 앞뒤를 막아서 다른 문자열과 구별하는 문장

부호의 하나이자 기호다. 그리고 어느 위치에 쓰이느냐에 따라
그 의미가 완전히 달라진다. 수학의 혼합계산식에서 괄호는 어
디에, 어떻게 쓰이느냐에 따라 전혀 다른 답이 나오는 것처럼
시에서도 시어, 비유, 상징, 연과 행 가르기 등 시적 요소들이
어떻게 사용되느냐에 따라 의미가 확연히 달라진다.

한유정의 작품에서 괄호는 괄호 안의 무의식 세계와 괄호 밖
의 의식 세계를 구분해 주는 경계선으로 읽을 수 있다.

타인이라는 말 앞에

그어 놓은 짙은 선

언제든 넘을 수 있기에

언제든 넘어올 수 있기에

평행봉을 걷듯

위태롭게 선을 따라 밟아 간다

상처 주기 싫었던 만큼

상처 받기 싫었던 노력

아무도 알아주지 못한

괄호 속 갇혀 버린 이야기.

_〈괄호 속의 이야기〉 전문

한유정 시집의 표제가 된 작품이다. 앞의 시에서 괄호는 인간
의 내면세계와 외면세계 사이에서 일어나는 충동(衝動)을 조절하

는 중재자다. 시적화자는 상대편이 타인이기 때문에 금지된 선이 언제 무너질지 몰라 '너와 나' 두 사람 사이의 경계선을 진하게 그어 놓는다고 말한다. 이때 시인이 말하는 '짙은 선'은 본능을 통제하는 강력하고 냉철한 이성적 사고의 선으로, 이른바 자아(自我)를 일컫는다. 시인이 이 작품의 맨 앞에 '타인'이라는 시어를 고정시킨 뒤, 끝까지 경계심을 늦추지 않고 시적 긴장감을 팽팽히 유지하는 이유도 시인의 내면에 잠재된 자아와 무관하지 않다. 시인은 또 평행봉을 걷듯 위태롭게 선을 따라 밟아 간다고 말한다. 여기서도 경계선을 벗어나지 않으려는 이성적인 심리가 '평행선'을 통해 강하게 표출되고 있다. 조금 더 깊게 이야기하면, 본능적이고 충동적인 이드(id)와 도덕적이면서 양심적인 초자아(super ego) 사이에서 이성적(理性的) 사고로 중재 역할을 하는 현실적 자아(ego)가 바로 한유정 작품 속의 괄호다. 앞의 작품 〈괄호 속의 이야기〉에서 '언제든 넘을 수 있고 또 넘어올 수도 있는' 상황이 이드(id)라면, '상처 주기 싫고 상처 받기도 싫은 노력'은 도덕적 초자아(超自我)다. 이른바 괄호 내부에 존재하는 것들은 이드이고, 괄호의 외부에 존재하는 것은 초자아라고 할 수 있다.

작품 속에 내재된 정신세계를 조명할 때, 작가의 전기적 요소는 중요한 역할을 한다. 즉 작가의 출생 배경, 유전적 영향, 혈연관계 특히 부모와의 관계, 건강, 정신상태, 유년기의 억압, 연애사건, 학업성적, 사회활동, 교우관계 등은 중요한 관심 영역이 된다. 그러한 요소들이 작품 창작에 직접 또는 간접적으로 영향을 끼치기 때문이다.

　한유정의 시집 「괄호 속의 이야기」를 분석한 결과, 작품 속에서 발견할 수 있는 대표적 정서는 불안(不安)과 고독(孤獨)과 공허(空虛)로 압축할 수 있다. 프로이드에 의하면 이와 같은 정서는 죄책감, 자책, 수치심, 허약함, 의무와 함께 그 원인이 바로 초자아에서 비롯된다. 초자아는 개인이 성장하는 동안 부모에게 영향을 받은 전통적 가치관, 사회규범과 이상(理想), 그리고 도덕과 양심이 자리잡고 있는 부분으로 성격 형성에 매우 중요한 영향을 끼친다고 한다. 따라서 한유정의 시에 나타난 대표적 정서를 심리적 측면에서 조금 더 구체적으로 조명해 볼 필요가 있다.

　한유정의 시에 나타난 대표적 정서 가운데 첫째는 '불안'이다.

　　　내 계절엔 폭우밖에 없어서
　　　봄이 온 당신의 옆에 있는 것조차
　　　겁이 나요

　　　예쁘게 핀 당신의 꽃잎이
　　　견디지 못한 바람에
　　　매섭게 내리는 빗물에
　　　바닥으로 쏟아질까 봐…

자꾸만 겁이 나요.

_〈겁이 나요〉 전문

　〈겁이 나요〉는 화자의 불안한 마음을 폭우, 봄, 꽃잎, 바람, 빗물 등의 소재를 통해 비유적으로 잘 나타내고 있다. 화자는 이 시에서 '겁이 난다'는 말을 1연과 4연에서 직접 표현하고 있는데, 3연에서는 말줄임표 속에 은폐시켜 변화를 주고 있다. 그리고 이 시에서 '폭우'와 '봄'이라는 이질적 이미지를 결합하여 긴장상태를 고조시키는 효과를 거두고 있다. 이런 경우 '폭력적 결합'이라는 말로 설명할 수 있다.

　또 다른 시 〈청춘〉에서 시인은 지나온 세월을 회상하며 '겁 많은 어린애'로 '정말 많이 아팠다'고 고백한다. 청춘에 대해 막연하게 기대를 거는 기성세대와 실제 현실과 맞부딪쳐 힘겹게 살고 있는 젊은 세대 사이의 괴리감을 진솔하게 조명한 점이 와 닿는다. 다만 내용은 자유로운데 형식이 지나치게 규칙적이라 다소 어색함을 느낄 수 있는데, 시의 내용과 형식 사이의 괴리를 통해 젊은 세대와 기성세대의 간극(間隙)을 보여 주려는 의도적 발상일 수도 있어서 시간을 두고 고민해 볼 문제다.

　〈자욱한 안개〉는 화자의 불안한 심리를 안개라는 구체적 사물을 통해 형상화한 작품이다. 안개는 대체로 미지의 세계나 신비의 세계를 상징하지만, 이 시에서는 꿈을 가로막는 모든 장애물로 읽을 수 있다. 그래서 시인은 '모든 것에 다 지쳐 힘들 때가 있다'고 화두를 연다. 그리고 한 치 앞도 예측할 수 없이 불안하고 겁이 나는 현실을 '막연함에 겁을 먹는 것조차 지칠 만큼/오늘도 짙은 안개가 눈앞에 자욱하다'고 불안한 심정으로 마무리한다.

한유정의 시에 나타난 대표적 정서 가운데 두 번째는 고독이다.

일반적으로 혼자되었을 때 갖는 쓸쓸한 마음이나 느낌을 외로움 또는 고독이라고 한다. 흔히 우리는 다른 사람들과 소통하지 못하고 격리되었을 때 외로움을 느끼게 되며, 낯선 환경에 혼자 적응해야 하거나 사랑하는 사람과 헤어졌을 때, 이른바 혼자되었다고 생각할 때 외로움이 더 커진다.

해진 책 한 권 손에 들자

힘없이 떨어지고 마는 책갈피

언제부터 얼마 동안 그 자리를 지켰을까

숨 한 번 돌리지 못하고

두꺼운 종이 틈에 끼여

반듯하게 지키고 있었을 책갈피

한동안 까맣게 잊고 지냈다

네가 지키던 문장들

내가 새겨넣은 페이지.

_〈책갈피〉 전문

책갈피에 감정을 이입하여 고독하고 소외된 자의 심리를 우회적으로 형상화한 수작(秀作)이다. 표면적으로는 낡은 책 속에서 떨어진 책갈피 자체를 노래한 것이지만, '숨 한 번 돌리지 못하고/두꺼운 종이 틈에 끼여/반듯하게 지키고 있었을 책갈피'는 곧 화자 자신임을 알 수 있다. 두꺼운 고정관념의 테두리를 벗어나지 못하고 철저히 도덕적인 것들에 억눌려 살아온 자신을 책갈피에 비유하면서 그 깊은 내면에 답답하고 숨통이 멎을 듯한 외로움을 담담하게 육화(肉化)시키고 있는 점이 값지다.

그밖에 〈혼자, 그 익숙함〉, 〈외로움〉에서는 특히 '혼자'라는 시어를 그대로 여러 차례 반복 사용함으로써 외로움의 크기와 형태를 시각화하는가 하면, 〈타인의 이상〉에서는 '혼자'나 '외로움'이라는 시어를 전혀 사용하지 않고 냉대, 무관심, 자아 상실 등의 이미지를 차용하여 외로움을 상징적으로 표출시킨 점, 특히 마지막 연을 '타인의 이상 속에/주어는 갇혀 버렸다'라고 강한 메시지로 마무리한 점이 돋보인다.

모든 게 처음이라 허둥대도
기다려 주지 않고 쌓이는 새로운 시선
더 이상 아무것도 들어올 수 없게
마음의 문을 굳게 닫아 버린다

세상을 높게 바라봐야 하는 때에

무게를 이기지 못해 땅만 바라봐도

물어봐 주는 이 없고

아프다 말해 봐도

때가 흐르면 지나갈 것이라고

나에게서 멀어져만 간다

애초에 없었던 것처럼 도려내지길 바란다

고통 속 스스로를 달래줄 방법을 모른다

타인의 이상 속에

주어는 갇혀 버렸다.

　　　　　　　　　　　　　　　_〈타인의 이상〉 일부

　한유정의 시에 나타난 대표적 정서 가운데 세 번째는 공허로
움이다.

　그의 시 가운데 공허로움과 절망과 슬픔을 주제로 쓴 작품은
꽤 여러 편이다. 그중에서 〈구멍 난 주머니〉를 비롯하여 〈달동
네〉, 〈2020년 봄〉은 생활 현장에서 그 소재를 찾아 토속적인 언
어로 대상을 차분히 노래했다는 점에서 의미를 둔다.

박음질이 해진 주머니가 구멍났다

가득했던 꿈들이 바람 빠지듯 흘러나가고

놓치고 싶지 않았던 시간들을

멀뚱히 바라만 봐야 한다

더 이상 새나가지 않게 막아야 하지만

실도, 바늘도 다 잃어버렸다

_〈구멍 난 주머니〉 일부

주머니와 꿈을 등가(等價)의 위치에서 재조명한 작품이다. 주머니가 구멍이 나면서 그 많던 꿈들이 바람 빠지듯 흘러 나가고 있지만, 실과 바늘마저 다 잃어버려 막아 내지 못하고 멀뚱히 바라만 봐야 하는 시인의 허탈한 심리가 잘 드러나 있다. 이어서 '꿈도 희망도 잃고 보니/절망만이 남았구나'라고 극한적인 상황을 가감 없이 토로하고 있는 태도가 진솔하다.

시인은 〈2020년 봄〉에서 시의 첫 행을 '슬픔에는 깊이도 없다'로 시작하여 마지막 행을 '슬픔에는 바닥도 없다'고 마무리하고 있는데, 수미상관의 묘를 잘 살린 경우로 시의 구조가 탄탄하다. 시의 첫 행과 마지막 행은 실상 같은 의미를 지닌 것으로 슬픔의 무게를 은유적으로 표현하였다. 측량할 수 없이 가라앉기만 하는 슬픔은 발버둥칠수록 더 깊어져서 끝내 혼자 고립되어 간다는 부분이 인상적이다.

앞에 예시한 〈구멍 난 주머니〉나 〈2020년 봄〉이 주관적인 시점에서 대상을 바라본 경우라면, 또 다른 작품 〈달동네〉는 객관적 시점에서 대상을 조명한 경우로, 허무한 정서가 훨씬 더 실

감나게 묘사되었다.

> 허물어진 담벼락 으슥한 골목길
> 고요한 가로등 불빛이 우는 소리를 낸다
> 전봇대에 몇 번이나 덧붙인 전단지
> 구석진 곳에 널브러진 연탄 파편들
> 절뚝이는 걸음들만이 늘어섰고
> 주름진 손들만이 자리한 동네

_〈달동네〉 일부

18행으로 구성된 〈달동네〉의 앞부분이다. 시의 전체적 분위기가 어둡고 절망적이다. 시인은 정밀한 렌즈로 달동네의 피폐된 정황을 행마다 투입하여 행이 거듭될수록 공허와 상실의 이미지가 클로즈업되고 있다. 반면 〈단역배우〉에서는 자존감의 상실에서 오는 절망의식을 조용히 내면에 묻어 두고 있다. 아울러 1연과 2연의 행을 14:1의 형태로 배열하여 형태미학적인 효과를 보고 있다. 1연의 14행이나 되는 긴 이야기를 2연의 단 1행 '나의 장면은 끝나 있었다'로 대응시킨 점이 시각적으로 상당한 부담을 줄 수 있지만, 의미상으로 1연과 2연은 동등한 가치를 지녔기 때문에 문제가 안 된다. 이른바 〈단역배우〉는 등가성의 원리를 성공적으로 적용시킨 경우다.

시인이 한 편의 시를 예술적으로 형상화하기 위해서는 적절한 언어로 적절한 행과 연을 구성하여 음악적인 분위기, 회화적인 느낌, 깊은 시정신이 함께 작용하여 독자를 감동시킬 수 있어야 한다. 한유정의 작품을 읽다 보면 시인 스스로 시의 행이나 연을 나누는 데 적지 않은 관심이 있음을 발견하게 된다.

　그는 특히 한 연을 한 행으로 배열하여 예술적 효과를 거두는 경우가 빈번하다. 앞에서 예시한 작품 〈겁이 나요〉를 비롯해 〈단역배우〉, 〈마침표〉, 〈어찌해야 할까요〉, 〈외로움〉, 〈무슨 이야기를 해야 할까〉, 〈오래 머무른〉, 〈부끄러운 변명〉, 〈수면제〉, 〈시인〉, 〈놓치고 있는 것〉, 〈새까만 문장〉 등 여러 편이 여기에 해당한다. 이러한 기법은 상황에 따라 첫 연이나 중간에 사용할 경우도 있지만, 주로 마지막 연을 한 행으로 처리하여 효과를 극대화하고 있다. 이처럼 시에서 하나의 행을 한 연으로 처리하는 경우는 다른 연과 비교해서 같은 비중을 두고자 할 경우에 사용한다. 내용으로 보아서 다른 연과 동등한 의미와 무게를 지녔다고 생각할 때 각 연의 행수에 제한을 둘 필요가 없다. 시인은 또 〈무력한 밤〉, 〈자연스러운 기억〉에서 보듯이 행과 연이 무시된 산문시를 통해 형태의 다양성을 보여 주는가 하면, 여러 작품에서 규칙적으로 연과 행을 배열한 경우를 볼 수 있다. 〈청춘〉, 〈가을을 보내며〉는 각 연이 모두 2행으로 구성되었고, 〈아름다운 이별〉, 〈글이 주는〉, 〈지나온 길〉, 〈붙잡을 수 없는 문장〉, 〈마음을 찍는 사진기〉, 〈지나가는 구름〉은 각 연이 3행으로 구성되었으며, 〈혼자 먹는 밥〉은 각 연이 4행으로 구성된 경우다.

특히 전체가 1연으로만 구성된 경우가 의외로 많이 발견되는데 〈괄호 속 이야기〉, 〈구멍난 주머니〉, 〈달동네〉, 〈겨울의 끝〉, 〈기억의 책장〉, 〈지금이구나〉, 〈젖어 버린 밤〉, 〈책갈피〉, 〈나의 길〉, 〈이력서〉, 〈1악장〉, 〈2악장〉, 〈필름 카메라〉, 〈놓지 못하는 건〉, 〈마음으로 쓰는 시〉, 〈호수에 비친 모습〉, 〈자연스러운 기억〉, 〈흔한 글〉, 〈불 꺼진 초〉, 〈시든 하루〉, 〈하루의 끝〉, 〈붉은 리본〉 등 무려 22편에 이른다. 원래 연은 스텐자(stanza)라고 하여 '사람이 머무는 방(房)'이라는 어원을 가지고 있다. 하나의 집이 여러 개의 방으로 이루어지듯이 한 편의 시도 여러 개의 연으로 이루어진다는 논리다. 그러나 현대시의 경우 과거처럼 꼭 그럴 이유가 전혀 없다. 앞에서 언급했듯이 연 나누기는 상황에 따라 얼마든지 변형될 수 있다. 한유정 시인이 무려 22편의 작품에서 한 편을 하나의 연으로 통째 구성한 데는 심리적인 것과 무관하지 않다. 앞에서 그의 시에 나타난 대표적인 정서를 '불안'과 '고독'과 '공허'라고 했는데, 이런 정서는 서로가 분리된 상태에서 더욱 강하게 작용하기 때문에 하나의 연(房)에 모아 놓고 안정된 자아를 찾고자 하는 내면 심리에서 비롯된 것으로 분석할 수 있다.

행과 연을 가르는 일은 관습이 아니라 각자의 주관적인 창조 행위다. 따라서 현대시는 시인마다의 창조적인 예술적 상상에 따라 개성 있게 행과 연이 구분될 수밖에 없으며, 그것은 외형적인 규칙이 아니라 내재적인 결과로 표출되는 비밀이기도 하다.

　한유정의 시에서 괄호는 이드와 초자아 사이에서 철저하게 개인을 보호하는 중재자로 이른바 자아(自我)를 일컫는다. 따라서 시집의 제목 「괄호 속의 이야기」는 초자아와 이드 사이에서 중재자 역할을 하고 있는 자아 속의 이야기라고 할 수 있다.

　한유정의 시를 분석한 결과 불안, 고독, 공허 등 부정적인 정서가 저변에 흐르고 있음을 확인했다. 그리고 이러한 정서는 죄책감, 자책, 수치심, 허약함, 의무와 함께 그 원인이 바로 초자아에서 비롯된다고 했다. 또 초자아는 부모에게 영향을 받은 전통적 가치관, 사회규범과 이상(理想), 그리고 도덕과 양심이 자리 잡고 있는 부분으로 성격 형성에 매우 중요한 영향을 끼친다는 사실도 알았다. 한유정의 시에서 또 하나 간과할 수 없는 사실은 시의 행과 연을 나누는 것 역시 심리적 영향을 받았으리라고 본다. 특히 시 한 편 전체가 하나의 덩어리로 구성된 경우가 22편이나 되는데 이는 분리되는 것에 대한 불안심리에서 나온 역반응이라는 추론이 가능하다.

　한유정의 시를 읽으며 문득 우리는 이미 생활 속에서 괄호의 개념에 길들여져 있는지도 모른다는 생각을 해 본다. 박재삼 시인이 '아, 사람도 그 영광이/물거품 같은 것인데도 잠시/허무의 큰 괄호 안에서 빛날 뿐이다'라고 노래한 것이나, 2009년에 방영되었던 모 방송국의 드라마 〈시티 홀〉에서 "나는 그 사람에게 괄호에요. 그 사람의 숨은 의미. 그게 나에요."라는 대사를 통해 '나'는 어느 한 집단의 괄호에 지나지 않는 부차적 존재이고, 암막(暗幕) 뒤에 숨겨진 무의미한 존재임을 느낀다.

한유정 시인 역시 〈괄호 속의 이야기〉의 결말 부분에서 '아무도 알아주지 못한/괄호 속 갇혀 버린 이야기'라고 괄호의 의미를 언급하고 있다. 어쩌면 우리의 삶도 괄호 속의 숨겨진 이야기처럼 이미 무의식 속에서 무의미한 존재로 물들고 있는지도 모른다.

끝으로 한유정 시인의 첫 시집 출간을 진심으로 축하한다. 시에 대한 첫 열정과 용기를 잊지 말고 좋은 작품으로 세상을 밝게 비추기 바란다.